AF498318

LES NUMÉROS

A LA LOTERIE,

OU

ÉPITRE

A L'EMPEREUR NAPOLÉON;

Suivis d'une Épître au lecteur, relative à leur publication, et d'une Ode à Sa Majesté, à l'occasion de son couronnement.

Facit admiratio versum.

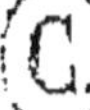

A PARIS,

Chez tous les Marchands de Nouveautés.

AN XIII. — 1805.

AVIS NÉCESSAIRE.

L ES Numéros à la Loterie *furent composés, et offerts à Sa Majesté, peu de tems après le traité d'Amiens, au moment où l'Allemagne accepta sa médiation, relativement aux indemnités.*

J'ai desiré mettre au jour cette bagatelle, quand l'Angleterre a recommencé les hostilités ; et, d'après quelques observations qui m'ont été faites, tendant à prouver que l'instant n'était pas favorable à sa publication, j'ai conçu l'idée de l'Épître au lecteur, pour en prévenir de semblables de la part du public, et pour démontrer qu'elles étaient peu fondées.

Les deux petites pièces en question devaient paraître ensemble lors des premiers bruits de la conspiration anglaise ; mais des circonstances, dont je crois inutile de donner les détails, en ont retardé jusqu'à ce moment-ci l'impression.

LES NUMÉROS

A LA LOTERIE,

OU

ÉPITRE A SA MAJESTÉ

L'EMPEREUR NAPOLÉON.

—————

. . . . Pictoribus atque poetis
Quid libet audendi semper fuit æqua potestas.

Ex vain, à l'aide du génie,
Et par l'audace soutenu,
Tu forças les monts d'Helvétie
A t'ouvrir leur sein inconnu :
Qu'une seconde fois conquise,
Cédant à l'effort de ton bras,
Aux champs de Maringo soumise,
L'Italie échappe à Melas :
Que rien n'ait arrêté ta course ;
Que du midi jusques à l'ourse,
Témoins de tes exploits nouveaux,
S'étendent tes rares travaux ;
De ces faits dignes de mémoire,
De tes triomphes, de ta gloire,

A 2

La France a beau s'énorgueillir ;
Quel fruit en dois-je recueillir ,
Si , toujours trompant mon attente ,
Le sort se rit de mes projets ;
Si par une rigueur constante ,
Il me refuse tout succès.
Que m'importent tant de merveilles ,
Prix de tes soins et de tes veilles ?
L'ordre établi dans nos cités ?
Le culte et les lois respectés ?
Peu touché de cet art sublime ,
Du caractère magnanime
Qu'à-la-fois tu sais déployer ,
Et qui , je ne peux le nier ,
Te font de l'Europe étonnée ,
Et sous tes lauriers inclinée ,
Régler à ton gré le destin ,
NAPOLÉON , j'ai mon dessein.
Je veux fuir la route commune ,
Et te louer n'est pas mon but.
De mon encens à ta Fortune ,
Pour cause j'offre le tribut.

    Mais celle qu'on nous dit bizarre ,
Inconstante , prodigue , avare ,
Sur-tout aveugle en ses faveurs ;
Qu'on nous peint sous tant de couleurs ,
La Fortune , de son caprice ,
Suit-elle uniquement les lois ?

Et sans motifs comme sans choix,
Est-elle ou contraire ou propice ?
N'est-il point un rapport secret,
Et dont la nature, au génie,
Par un immuable décret,
La tient pour jamais asservie ?
Quoi qu'il en soit, du vain Anglais,
Sur les flots, par son assistance,
Deux fois trompant la vigilance,
Du Nil à l'Empire français,
Tu soumis l'une et l'autre rive ;
Et dans nos climats de retour,
Tu renversas, en un seul jour,
Cette puissance destructive
Dont les trop funestes excès,
Que l'avenir ne pourra croire,
Nous rendent plus cher tes bienfaits,
Et tes prodiges et ta gloire.

    La Fortune, en ses vastes champs
Où la mort moissonne à tout âge,
Dans les combats les plus sanglans,
Te préserva de ton courage.
Seule elle écarta le danger
Où toujours prompt à t'engager,
Et ne connaissant d'autre guide
Que cette valeur intrépide
D'un soldat à vaincre obstiné,
Cent fois tu te vis entraîné.

Par un attentat exécrable,
En vain tes jours sont menacés ;
Dans ce péril inévitable,
Tes pas sont par elle tracés :
L'affreuse machine détonne
Avec un horrible fracas ;
Lance, de ses flancs, le trépas
Dirigé contre ta personne ;
Mais le salpêtre vainement
Te cherche en ce cruel moment ;
Et déjà la mort prévenue,
Loin de toi se voit retenue.
Oui ! la Fortune aime à servir
Jusques à ton moindre desir.
Pour tes manœuvres, tes parades,
Les plus beaux jours sont assignés.
L'humide orion, les hyades,
A ton gré semblent éloignés.
Et dans ces magnifiques fêtes,
Où l'on célébra tes conquêtes,
Le ciel parut-il incertain ?
Soumise à ton heureux destin,
Ne vit-on pas l'épaisse nue
Sans orage se dissiper,
Ou, comme à ton ordre, rester
Dans les champs de l'air suspendue ?
    C'en est assez sur ce sujet,
Me diras-tu, venons au fait :

La Fortune, je le confesse,
A me favoriser s'empresse;
Tout, il est vrai, me réussit :
Mais à quoi tend ce long récit,
Et que prétendrais-tu conclure?

Qu'un autre en de nobles élans,
Nous dise qu'avec tes talens
Ta Fortune en vain se mesure;
Quoique bien d'accord sur le fait,
Trop occupé de mon objet,
En lice je ne puis descendre,
NAPOLÉON, daigne m'entendre.
Un mot, et sans plus différer,
Le voile va se déchirer.

Jadis le fameux Pythagore,
Après lui le divin Platon,
Et mille autres d'un grand renom,
Que je pourrais citer encore,
Accordaient, le fait est certain,
Aux nombres un pouvoir divin;
A leurs yeux, par son influence,
Se mouvaient les astres divers;
Source de tout, principe, essence,
Il réglait ce vaste univers.
Comme eux de ce pouvoir suprême,
Je reconnais aussi la loi;
Mais, quoiqu'en lui rempli de foi,
Ma doctrine n'est pas la même.

Qu'un tétraédre soit le feu,
Que l'exaédre soit la terre,
Je m'en inquiète fort peu.
Au mystérieux quaternaire
Je ne me sens point attaché.
Dussé-je, près le bon Plutarque,
Me voir d'hérésie entaché.
En vain gravement il remarque
Que le nombre seize est parfait,
Et nous donne pour un mystère
Que son périmètre, en effet,
Soit vraiment égal à son aire;
Cela me touche faiblement,
Et dans ce profond document,
Ne voyant que lumières sombres,
Je dirai, sans plus longs débats,
Qu'il est seulement certains cas
Où je me trouve pour les nombres,
Ce respect à si haut degré
Chez les anciens consacré.

    Alors qu'un enfant, par exemple,
Les yeux d'un voile épais couverts,
A la foule qui le contemple,
Présente cinq nombres divers
Que Plutus lui-même accompagne.
Pour ces cinq nombres, au moment,
Je sens que le respect me gagne,
Et très-religieusement

Devant eux je courbe la tête,
Adressant au ciel tous mes vœux,
Pour me voir un jour l'être heureux
Qui m'en ferait chomer la fête;
Où, pour le dire en peu de mots,
Au jeu qu'on nomme loterie,
Les numéros portant des lots
Composent l'unique série
Des nombres par moi respectés,
Et dans mes almanachs cités.
Telle est aussi la circonstance,
Que par les hasards maîtrisé,
Voyant mon trésor épuisé,
Dans un lot gît mon espérance.
Partant, NAPOLÉON ainsi,
Je raisonne dans ce cas-ci :
La Fortune seule préside
Au choix difficile et douteux
Qui donne les nombres heureux,
En souveraine elle décide.
Suffisamment j'ai constaté,
Que toujours esclave fidelle,
La déesse à ta volonté
Ne se montra jamais rebelle.
Or donc, cédant à mon desir,
Si pour moi tu daignais choisir
Des numéros, régler leur chance
Plein d'une entière confiance,

Et muni d'un bon coffre-fort ,
Je serais calme sur mon sort.
Veuilles m'accorder cette grace,
Que je garantis efficace ;
Et sur l'heure même agissant ,
Le spécifique tout-puissant ,
Par sa souveraine influence ,
NAPOLÉON dans ma finance ,
Aussi-tôt viendra s'opérer
Le changement à desirer.
Alors, tout à ma gratitude ,
Libre de soins , d'inquiétude ,
Et paisiblement de mes jours ,
Désormais sans aucun nuage ,
Voyant se prolonger le cours ,
Fier de t'en devoir l'avantage ,
Je m'écrîrai dans mes chansons :
De ce mortel , que tant de gloire
Rendra l'unique dans l'histoire ,
Mes loisirs heureux ſont les dons.

ÉPITRE AU LECTEUR,

A LA PUBLICATION DE LA PRÉCÉDENTE.

LA paix régnait, ami lecteur,
Quand, cédant à l'espoir flatteur
De voir accueillir mon hommage,
Quoique de mon sort peu content,
Sous l'écorce du badinage,
Et pour le distraire un instant,
J'offris au héros, dont la gloire
Vivra pour jamais dans l'histoire,
Le faible tribut qu'à tes yeux
En ce moment je fais paraître.

   Eh quoi ! me diras-tu peut-être,
Quand un ennemi furieux,
En sa duplicité profonde,
Ose, par un crime nouveau,
De la guerre en hasards féconde,
Déployer le cruel drapeau ;
L'instant te semble-t-il propice
Pour mettre tes rimes au jour ;
Et du sort traçant le caprice,
Le crois-tu fixer sans retour ?
Ne crains-tu pas que la Fortune,
Dont l'inconstance peu commune

Se plut si souvent à flétrir
Les lauriers qu'on lui vit offrir,
Ne trahisse la renommée
De ce guerrier qui t'inspira,
Au moment où ta voix l'aura
De tous ses efforts proclamée.

Y penses-tu donc, cher lecteur ?
Que peut contre lui la Fortune,
A ses nobles vœux opportune,
Par fois sans doute, en sa faveur,
Elle fit éclater son zèle;
Et servant ses hardis projets,
Lui put valoir quelques succès.
Mais, voyons, réglons avec elle.

Or donc, pour commencer, primo,
Monténote et Millesimo
Appartiennent, et sans partage,
A ce dévouement, ce courage,
Qu'au soldat alors mécontent,
Le général dans un instant,
Par une magique éloquence,
Ranimant en lui l'espérance,
Avec tant d'art sut inspirer (1).

____

(1) Plus habile que celui qui, sur la montagne,
offrit les royaumes du monde, et ne fut point
écouté, il sut faire entendre sa voix. Il demanda
de la valeur au Français, lui promit la victoire; et
pour prix de son courage, il lui tint parole.

Quand Beaulieu croyant respirer,
Trompé par une marche habile,
Voit les flots du Pô traversés,
Fuit, et pour les siens dispersés,
Sous Lodi (1) cherche un vain asyle.
Qu'as-tu, Fortune, à répéter?
Oserais-tu sur ce prétendre
Qu'il est quelqu'hommage à te rendre?

Quel secours te voit-on prêter
Dans ces plaines de l'Italie,
Où, par un effort de génie,
A Wormser il feint d'échapper,
Pour le plus sûrement atteindre:
Où l'art qu'il sut développer,
Les obtacles qu'il sut enfreindre,
Sous ses étendards désormais,
Fixant l'orgueilleuse victoire,
NAPOLÉON, par ses hauts faits,
Remplit l'Univers de sa gloire.

Quand l'ennemi de toutes parts,
Lonado, s'offre à tes remparts;
A sa redoutable colonne,
Seul et sans armée il ordonne:

---

(1) Quoique les Autrichiens fussent derrière
l'Adda, on a cru pouvoir s'exprimer ainsi, parce
que, couverts par le pont de Lodi, ils en défen-
daient le passage.

Comme par son souffle vaincu ,
Le Germain d'un mot est rendu ;
Mais reconnaissant le prestige ,
A peine il croit à ce prodige.
Fortune, entendrais-tu jamais
Réclamer part en ce succès ?

    Et quand du sein de la victoire ,
Par un mouvement généreux ,
Épris d'une plus douce gloire ,
Il offrit d'éteindre les feux
De la discorde et de la guerre,
De ses triomphes inouïs ,
Quoique nos yeux soient éblouis ,
Ton bras lui fut-il nécessaire ?
Sans toi ne sut-il pas franchir
Ces murs , que jadis fit bâtir
Le fier conquérant de l'Asie.
Le Caire à sa bonté se fie ,
Et sans toi s'ouvre en peu d'instans ;
Mont-Tabor , Aboukir , Chébreisse ,
Je vous atteste ; dans nos rangs
Reconnûtes-vous la déesse ?

    Mais , cher lecteur , je m'aperçois ,
Qu'avec mon exacte logique ,
Je n'offre ici de ses exploits
Qu'une aride et froide chronique.
Pressé par un ardent desir ,
En vain je m'efforce à saisir

Les traits merveilleux de sa gloire ;
Des doctes filles de mémoire
Je n'obtins point ces dons heureux
Qu'en son nom appelaient mes vœux.
Au héros qui se rendit maître
Des murs fameux qui t'ont vu naître ,
Que ne puis-je en mes faibles chants ,
Virgile , offrir de tes accens ,
Des miracles de ton génie ,
La force au charme réunie ,
Et soit ici dit en passant ,
Au lieu de ton pieux Énée ,
Si ta muse plus fortunée ,
Du jeune vainqueur du Croissant
Eût eu les fastes mémorables ,
Les victoires inconcevables
Pour objet dans tes vers divins ;
N'en déplaise à tes fiers romains ,
La palme , dont ton front s'honore ,
Eût été plus brillante encore.
  Mais revenons à mon sujet :
Quelque faible que soit l'effet
Des rimes que pour toi j'assemble ,
Il en résulte , ce me semble ,
Tu ne saurais le contester ,
Cher lecteur , que sans crainte aucune ,
Tu peux lire sur sa Fortune
Ce que j'osai lui présenter ;

Qu'avec ou sans son assistance,
De NAPOLÉON la vaillance,
Et le génie évidemment,
Maîtrisent tout évènement.
J'en jure sur chaque victoire,
Qu'ici je ne saurais tracer,
Mais que des pages de l'histoire
Les tems ne pourront effacer :
L'Anglais vainement se confie
Aux mers dont il est entouré,
Et par les trésors de l'Asie
Vainement il est rassuré.
La trompe sonne, l'airain vibre ;
Celui qui sut dompter le Tibre,
Les flots du Nil, ceux du Jourdain,
Vainqueur du Sarde et du Germain,
Prépare aujourd'hui la vengeance,
Que tôt ou tard en ses décrets,
Le ciel réserve aux grands forfaits.
En vain des êtres en démence,
Lâchement au meurtre excités,
Sur nos bords se trouvent portés.
Contre ces manœuvres infâmes,
Méprisant leurs indignes trames,
Nos guerriers sont un sûr recours ;
Et de tant de scélératesse,
Dans la noble ardeur qui les presse,
Ils sauront arrêter le cours.

Quels élémens sont indomptables ?
Quels périls sont insurmontables ?
Quand NAPOLÉON les conduit.

   Or donc, lecteur, en cette crise,
Que ton esprit se tranquillise.
Seul je pourrais être réduit
A redouter du sort fantasque,
Une incartade, une bourrasque ;
Et seul en cas d'évènement,
(Malheur dont vraisemblablement
Se ressentirait peu la France)
Mon lot resterait en souffrance.
L'objet est facile à saisir ;
Et chacun sait que pour choisir,
Que pour donner le nombre utile ;
Le savoir lui-même est futile ;
Que le génie et les talens
Ne furent jamais, quoi qu'on dise,
A la Fortune équivalens.

   Mais, lecteur, en mon entreprise,
Moins timidement je conclus,
Exempt de toute inquiétude ;
Et mon espoir n'est point exclus
Par ta veine sollicitude.
Je défends mon savant calcul ;
Je tiens qu'il ne peut être nul,
Et quelqu'argument qu'on m'oppose,
En paix sur lui je me repose.

B

Faut-il te l'avouer, pourtant ?
Si par hazard , en cet instant,
NAPOLÉON , changeant ce thême,
Réformait mon docte systême ;
Je ne prétends pas toutefois,
Des moyens disputer le choix ,
Lecteur , quoiqu'en cette occurence,
Détermine sa bienveillance ,
Pour moi tout sera précieux ,
Et ma déférence est complète.
Qu'à mon égard comme en tous lieux ,
Sa seule volonté soit faite.

ODE

A SA MAJESTÉ L'EMPEREUR
NAPOLÉON,

A L'OCCASION DE SON COURONNEMENT.

Muse, par qui les noms célèbres,
Du tems, sous tes crayons heureux,
Bravent les épaisses ténèbres,
Et parviennent à nos neveux;
Seconde en ce jour mon audace,
Clio, sur ta divine trace
Tu me vois brûlant de marcher.
J'oserai célébrer des titres,
Que les siècles de leurs registres
Tenteront en vain d'arracher.

C'est de Napoléon la gloire,
Ce sont ses travaux immortels;
Pour en consacrer la mémoire,
Mon encens fume à tes autels.
Déesse, non, jamais tes fastes
Ne virent des projets si vastes
Qui suivissent tant de hauts faits;
Et ces récits inconcevables,
Dont la Grèce remplit ses fables,
N'en offrent que de faibles traits.

B 2

Les mers, à sa bouillante audace,
Opposent des flots impuissans;
Les monts, sur leurs cîmes de glaee,
Voient ses drapeaux triomphans.
Domptant la Fortune incertaine,
Sa valeur à l'aigle romaine
Est fatale dans cent combats;
Les bords fameux du Nil antique,
Les sables brûlans de l'Afrique
Ne peuvent arrêter ses pas.

Mais vaincre est peu pour son génie,
Il veut d'autres droits sur nos cœurs.
Ses travaux aux bords d'Ausonie,
D'autres travaux sont précurseurs.
De Thémis tenant la balance,
Son infatigable constance
Peze nos intérêts divers;
Et par nos lois, fruits de ses veilles,
Plus que par cent autres merveilles,
Il étonnera l'univers.

Avides du pouvoir suprême,
D'énergumènes factieux,
Sous le plus monstrueux systême,
Cachent leurs plans ambitieux.
Ils proscrivent les connaissances;
Les arts, les lettres, les sciences,

Sont immolés à leurs projets ;
Fléaux cruels de leur patrie,
Ils ramènent la barbarie
Et ses déplorables excès.

Triomphant de tous les obstacles,
Et des tyrans et de leurs lois,
Un héros vient, par ses miracles,
Rendre au génie enfin ses droits.
Napoléon rouvre la lice,
Il étend sa main protectrice,
Et verse des bienfaits nouveaux.
Pour prix de sa faveur insigne,
Puisse un mortel se rendre digne
De chanter ses divins travaux !

Muses, à vos charmes sensible,
Par fois des soins et des grandeurs
Il quitte le fardeau pénible,
Pour se livrer à vos douceurs.
Comme César il sait écrire,
Il sait vaincre, il fonde un empire ;
Mais plus docte à suivre vos pas,
Et de vos sciences abstraites,
Parcourant les vastes retraites,
Il a ravi votre compas.

Où suis-je ? et quel astre m'attire
Au sein de ses rayons puissans ?

Est-ce prestige, est-ce délire,
Où faut-il en croire mes sens ?
Rassurez-vous, rien ne m'égare,
NAPOLÉON de moi s'empare,
Il me force à subir sa loi ;
Oui, je sens sa flamme divine,
C'est son esprit qui me domine,
Heureux Français ! écoutez-moi.

Les tems sont présens à ma vue,
Ils me dévoilent leurs secrets ;
A travers leur épaisse nue,
Je lis leurs imposans décrets.
En vain un peuple sur la terre
Soufflera les feux de la guerre,
Par ses passions égaré.
Des jours heureux qu'ils feront naître,
Les dieux, en vous donnant un maître,
Vous offrent le gage assuré.

Dans vos campagnes protégée,
Cérès accroîtra ses produits.
De l'industrie encouragée,
Le travail obtiendra les fruits.
Cultivés par des mains habiles,
Les arts embelliront vos villes
De leurs précieux monumens ;
Et pour jamais de l'abondance,

Le commerce, au sein de la France,
Réunira les élémens.

Mais j'entends aussi sonner l'heure
Qui du faible comble l'espoir.
Le fort imprudemment se leurre
Par le vain éclat du pouvoir.
Les lois de la chicane obscure,
Détruisant la fausse mesure,
Seront de tous l'appui certain ;
Et sous leur égide puissante,
La religion consolante,
Au malheur ouvrira son sein.

Quelle est cette éclatante fête
Dont l'appareil frappe mes yeux ?
Quel instant desiré s'apprête,
Quels transports naissent dans ces lieux ?
Une foule immense s'empresse ;
Des chants qu'inspire l'allégresse,
L'air retentit de toutes parts.
Toi, devant qui tout vint paraître,
O tems ! jamais rien ne put être
Plus imposant à tes regards.

Sur ses longs malheurs éclairée,
La France, au plus grands des humains,
Par la gloire même inspirée,
Confie en ce jour ses destins.

De ce guerrier, dont l'Écriture
Nous fait la fameuse peinture,
Reconnaissons en lui les traits :
Nouveau Cyrus, en sa présence,
Dans un respectueux silence
La terre attendra ses arrêts.

Tel que jadis on vit les mages,
Comme eux dans sa course assuré ;
Par lés feux menteurs des nuages,
Il ne sera point égaré.
Guidés par une haine sombre,
Ses ennemis en vain dans l'ombre,
Uniront leurs efforts jaloux ;
Ainsi qu'une vaine fumée,
Du glaive étincelant armée,
Sa main les dissipera tous.

Qu'en vos cœurs la reconnaissance,
Français, s'empressant d'éclater,
Soit le prix de cette alliance
Qu'avec vous il vient contracter.
Mais par le don d'un sceptre illustre,
N'espérez pas qu'un nouveau lustre,
Sur son nom puisse rejaillir :
L'éclat qui déjà l'environne,
Effacera celui du trône
Que votre main lui vient offrir.

F I N.